RESPONSE

AVX

OBSERVATIONS

TOVCHANT LE FESTIN

DE PIERRE,

DE MONSIEVR

DE MOLIERE.

A PARIS,

Chez GABRIEL QVINET, dans
la Gallerie des Prisonniers,
à l'Ange Gabriel.

M. DC. LXV.
AVEC PERMISSION.

RESPONSE

AVX

OBSERVATIONS

TOVCHANT LE FESTIN

DE PIERRE,

DE MONSIEVR

DE MOLIERE.

Es anciens Philosophes qui nous ont soustenu que la vertu auoit d'elle-mesme assés de charmes pour n'auoir pas besoin de

partisans qui découuriſſent ſa
beauté par vne éloquence eſtu-
diée, changeroient ſans doute de
ſentiment, s'ils pouuoient voir
combien les hommes d'aujour-
d'huy l'ont défigurée ſous pretex-
te de l'embellir. Ils ſe ſont imagi-
nez qu'elle paroiſtroit bien plus
aymable, s'ils en rendoient l'ac-
quiſition plus difficile & plus épi-
neuſe ; & ce pernicieux deſſein
leur a reüſſi ſi heureuſement,
qu'on ne ſçauroit plus paſſer
pour vertueux que l'on ne ſe pri-
ue de tous les plaiſirs qui n'ont
pas la vertu pour leur vnique ob-
jet : Et comme ils ſe ſont apper-
ceus que la Comedie en eſtoit
vn, puis qu'elle mortifie moins
les ſens qu'elle ne les diuertit, ils
l'ont dépeinte comme l'Ennemie
& la Riuale de la vertu ; ils pre-

tendent qu'elle soit incompatible
auec les plaifirs les plus innocens :
& ainfi de cette familiere Deeffe,
qui s'accommode auec les gens
de tous meftiers & de tous âges,
ils en ont fait la plus auftere & la
plus jaloufe de toutes les Diui-
nitez.

L'Autheur a qui ie réponds,
eft vn de ces fages Reformateurs;
mais comme il eft encore ap-
prentif dans le meftier, il n'oze
pas condamner ouuertement ce
que nos Predeceffeurs ont toû-
jours permis, il s'eft contenté de
nous faire la guerre en renard ; &
lors qu'il a voulu nous monftrer,
que la Comedie en general eftoit
vn diuertiffement que les gens de
bien n'approuuoient point ; il en
a pris vne en particulier, où fon
addreffe a fuppofé mille impie-

tez pour couurir le dessein qu'il a
de détruire toutes les autres. On
a beau luy dire, que puis qu'il ne
doit pas répondre de la candeur
publique, il deuroit laisser à nos
Euesques & à nos Prelats le soin
de santifier nos mœurs : Il soû-
tient que c'est le deuoir d'vn
Chrestien de corriger tous ceux
qui manquent ; & sans conside-
rer qu'il n'est pas plus blâmable
de souffrir les impietez qu'on
pourroit empescher, que d'am-
bitionner à passer pour le Refor-
mateur de la vie humaine, il vient
de composer vn Liure, où il se
declare le plus ferme appuy & le
meilleur soustien de la vertu ;
mais ne m'aduoüera-t-on point
qu'il s'y prend bien mal , pour
nous persuader que la veritable
deuotion le fait agir lors qu'il

traite Monsieur de Moliere de
Demon Incarné, parce qu'il a fait
des pieces gallantes, & qu'il n'employe
pas ce beau talent que la
nature luy a donné, à traduire
la Vie des Saints Peres.

Il s'est si bien imaginé que c'est
vne charité des plus Chrestiennes,
de diffamer vn homme pour
l'obliger à viure saintement, que
si cette maniere de corriger les
gens pouuoit auoir vn iour l'approbation
des Docteurs, & qu'il
fust permis de juger de la bonté
d'vne ame par le nombre des Autheurs
que sa plume auroit décriez.
Ie réponds de l'humeur
dont ie le connois, qu'on n'attendroit
point apres sa mort
pour le canonizer. Ce n'estoit
pourtant pas assez qu'il aymast
la Satyre pour vomir contre

Monsieur de Moliere, comme
il a fait; il luy falloit encore quelque vieille animosité ou quelque haine secrette pour tous les
beaux esprits: car quelle apparence y a-t-il qu'il paroisse à ses
yeux vn Diable vestu de chair
humaine, parce qu'il a fait vne
piece intitulée *le Festin de Pierre;*
elle est, dit-il, tout à fait scanda-
leuse & diabolique; on y void vn
Enfant mal éleué, qui replique à
son Pere vne Religieuse qui sort
de son Conuent, & à la fin ce n'est
qu'vne raillerie que le foudre
qui tombe sur ce débauché.

C'est le bien prendre en effet;
vous auez tort, M. de Molliere,
il falloit que le Pere fust absolu,
qu'il parlast tousiours sans que le
Fils osast luy dire mot; que la
Religieuse, bien loin de paroi-

tre sur vn Theâtre, fist dans son
Conuent vne penitence perpe-
tuelle de ses pechez ; & cét Athée
supposé n'en deuoit point échap-
per ; ses abominations, toutes
feintes qu'elles estoient, meri-
toient bien pour leur mauuais
exemple vne punition effectiue.
L'intrigue de cette Comedie auroit esté bien mieux conduite,
s'il n'y auoit paru pour tous per-
sonnages qu'vn Pere qui eust fait
des leçons à son Fils, & qui eust
inuoqué la colere de Dieu pour
l'exterminer lors qu'il le trou-
uoit sourd aux bonnes inspira-
tions.

   Nostre Autheur trouue que la
morale en auroit esté bien plus
belle, & les sentimens plus Chré-
tiens, si ce jeune éuenté se fust
retiré de ses débauches, & qu'il

A v

euſt eſté touché de ce que Dieu
luy diſoit par la bouche de ſon
Pere : & ſi on luy monſtre qu'il
eſt de l'Eſſence de la piece, que
le foudre écraſe quelqu'vn, &
que par conſequent il nous faut
ſuppoſer vn homme d'vne vie
déreglée, & qui ſoit touſiours
inſenſible aux bons mouuemens,
luy dont les ſoins ne butent qu'à
la conuerſion vniuerſelle, nous
repliquera ſans doute que l'e-
xemple n'en auroit eſté que plus
touchant, ſi mal-gré cét amande-
ment de vie, il n'auoit pas laiſsé
de receuoir le chaſtiment de ſes
anciennes impudicitez.

Helas, où en ſerions-nous, ſi
les contritions & les peniten-
ces ne pouuoient deſarmer la
main de Dieu, & que ce fuſt pour
nous vne neceſſité indiſpenſable

d'en venir à la punition au sortir
de l'offense ! Mais pourquoy
Dieu nous auroit-il fait vne Loy
de pardonner à nos ennemis, s'il
n'auoit voulu luy-mesme la sui-
ure ? Et puis qu'il nous a dit qu'il
voudroit que tout le monde fust
heureux, ne se contrarieroit-il
point en nous laissant vne pente
si naturelle pour le mal, s'il ne
nous reseruoit vne misericorde
plus grande que nostre esprit
n'est foible & leger ; nous deuons croire qu'il est juste & non
pas vindicatif, il punit vne
ame égarée qui perseuere dans
ses emportemens ; mais il oublie
le passé quand elle s'est remise
dans le bon chemin. Tombez
donc d'accord que Monsieur de
Molliere ne vous a point donné
de mauuais exemple, lors qu'il a

fait paroiſtre vn ieune homme
qui auoit tant d'antipatie pour
les bonnes actions : le deſſein
qu'il a eu eſt celuy que doiuent
auoir tous ceux de ſa profeſſion,
de corriger les hommes en les di-
uertiſſans : il a fait l'vn & l'autre,
ou du moins il a taſché de mon-
trer aux meſchans la neceſſité
qu'il y a de ne le point eſtre, &
le foudre qu'on entend ſur le
Theatre nous aſſeure de la bonté de ſon auertiſſement.

Ie preuois que vous m'allez
dire ce que i'ay leu dans voſtre
Critique, que les termes ſont
trop hardis, & qu'il ſemble ſe
mocquer quand il parle de Dieu:
mais quoy, ignorez-vous encore qu'vn Comedien n'eſt point
vn Predicateur, & que ce n'eſt
que dans les Chaires des Egliſes

où

où l'on monstre les larmes aux yeux, l'horreur que nous deuons auoir pour le peché. Ie sçay qu'il n'est iamais hors de saison d'auoir de la veneration pour les choses sacrées, & qu'elles doiuent estre en tous lieux, ce qu'elles sont sur les Autels; mais changent-elles de nature ou de condition, lors que l'on change de terme ou de ton pour en parler?

Ie ne pretends point icy vous prouuer que les vers de Monsieur de Moliere sont pour les jeunes gens des instructions paternelles à la vertu; mais ie veux vous monstrer clairement que les esprits les plus mal tournez n'y sçauroient trouuer la moindre apparence de vice; & puisque chacun sçait que le Theâtre

B

n'a point esté destiné pour expliquer la sainteté de nos mysteres , & l'importance de nostre salut. Ces sages Reformateurs si fort zelez pour nostre Foy, n'ont-ils pas mauuaise grace de blâmer la Comedie, parce que les meschans l'a peuuent voir sans changer d'inclination , & ne deuroiét-ils point se contenter que les vertueux n'y prennent point des mœurs pernicieuses , & qu'ils en sortent tousiours les mesmes.

Ie le pardonne pourtant à ces conscientieux , qui reprennent par vn veritable motif de deuotion ; & quoy que les vers de Monsieur de Moliere n'ayent rien d'approchant de l'impieté, ie ne sçaurois m'emporter contre-eux, puis qu'ils n'en veulent qu'à ses Ecrits ; mais lors que ie vois le Liure de cét Inconnu, qui sans se soucier du tort qu'il fait à son prochain, ne songe qu'à s'vsurper vne reputation d'homme de bien. Ie vous aduouë que ie ne sçaurois m'empescher d'éclater, & quoy que ie n'igno-re pas que l'innocence se deffend assez d'elle-mesme, ie ne puis que ie ne blâme vne insulte si condamnable & si mal fondée.

Il pretend que Monsieur de Moliere est vn scelerat a-cheué, parce qu'il a feint des impietez? N'est-ce pas là vne preuue bien conuaincante, & quoy qu'il sçache bien que de quelque nature que soient les crimes que nous auons commis, nous deuons tousiours auoir de la confiance à la misericorde de Dieu, & par consequent ne de-

B ij

se sperer iamais de noftre falut; il souftient qu'il n'entrera iamais dans le Paradis, parce qu'il a supposé des sacrileges & des abominations dans son Festin de Pierre.

Vous pouuez voir par ce raisonnement, si sa Critique, côme il dit, estoit necessaire pour le salut public, & si la moralité & le bon sens sont tous entiers dans son discours, puisqu'il nous donne lieu de conclurre qu'il vaut mieux estre meschant en effet, qu'en apparence, & qu'on a plûtost le pardon d'vne impieté reelle, que d'vne feinte.

Cher Ecriuain, de peur qu'en trauaillât à vous attirer cette reputation d'homme de bien, vous ne perdiez celle que vous auez d'estre fort habile homme &

plein d'esprit ; ie vous conseille
en amy de changer de sentiment;
puisque Dieu lit dans le fond de
l'ame, vous deuez sçauoir qu'il
ne se fie iamais aux apparences,
& que par consequent il faut
estre coupable en effet, pour le
paroistre deuant luy ; ou bien, si
vous auez tant d'auersion à vous
dédire de ce que vous auez soû-
tenu, ne faites point de scrupule
de nous auoüer que vostre Liure n'est point vostre ouurage,
& que c'est l'enuie & la haine qui
l'ont composé.

Nous sçauons bien que Monsieur de Moliere a trop d'esprit,
pour n'auoir pas des enuieux ;
nos interests nous font tousiours
plus chers que ceux d'autruy, &
ie suis si fort persuadé qu'il est
fort peu de gens dans le Siecle

où nous sommes , qui n'aidaf-
fent au débry de leurs plus pro-
ches voifins , s'ils leur deuenoit
vtile ou profitable ; que les coups
les plus injuftes & les plus inhu-
mains ne me furprennent plus.
Puifque vous apprehendez que
les productions de voftre genie,
tout fublime qu'il eft , ne perdif-
fent beaucoup de leur prix , par
l'éclat de celles de Monfieur de
Moliere , fi vous les abandon-
niez à la rigueur d'vn iugement
public , n'eft-il pas iufte que vous
ayez quelque reffentiment du
tort qu'elles vous font ; & quoy
que ces vers ne foient remplis
que de pensées auffi honneftes
qu'elles font fines & nouuelles ,
doit-on s'eftonner fi vous auez
tafché de monftrer à noftre Il-
luftre Monarque , que fes ou-

urages cauſoient vn ſcandale public dans tout ſon Royaume,
puiſque vous ſçauez qu'il eſt ſi
ſenſible du coſté de la pieté & de
la Religion. Il eſt vray que vô-
tre paſſion vous aueugloit beaucoup ; car puiſque ce grand Prin-
ce ſi Chreſtien & ſi Religieux,
ne s'éclaire que par luy-meſme,
vous deuiez conſiderer que les
matieres les plus embroüillées
eſtoient fort intelligibles pour
luy, & que par conſequent vos
accuſations ne ſeruiroient que
pour conuaincre d'vne malice
d'autant plus noire, que le voile
que vous luy donniez eſtoit
trompeur & criminel.

Mais auſſi s'il m'eſt permis de
reprendre mes Maiſtres, ie vous
feray remarquer que vous laiſ-
ſaſtes gliſſer dans voſtre Criti-

que quelques mots qui mon-
troient clairement l'effet de
voſtre paſſion : Car me ſoûtien-
drez-vous que c'eſt par charité que vous l'accuſez de piller
ſes meilleures pensées , de n'a-
uoir point l'eſprit inuentif , &
de faire des poſtures & des con-
torſions qui ſentent pluſtoſt le
poſſedé que l'agreable bouffon ?
Il me ſemble que vous pouuiez
ſouffrir de ſemblables defauts,
ſans apprehender que voſtre
conſcience en fuſt chargée , ou
bien Dieu vous a fait des com-
mandemens qui ne ſont pas comme les noſtres. Il falloit pour
vous couurir plus adroitement,
exagerer , s'il ſe pouuoit, par vn
beau diſcours , la delicateſſe &
la grandeur de ſon eſprit, le faire
paſſer pour l'Acteur le plus a-

cheué qui eut iamais paru ; &
comme cét Eloge nous auroit
persuadé que vous preniez plai-
sir de découurir à tout le monde
ses perfections & ses qual tez,
nous aurions eu plus de disposi-
tion à vous croire, lors que vous
auriez dit qu'il estoit impie & li-
bertin, & que ce n'estoit que par
contrainte & pour décharger vô-
tre conscience, que vous le re-
preniez de ses defauts.

Ie vous aurois mesme conseillé
de le blâmer fort, d'auoir fait
crier, *Mes gages, mes gages*, à ce
Valet, on auroit inferé de là que
vous auiez l'ame si tendre que
vous n'auiez pû souffrir sans
compassion, que son Maistre
qu'on traisnoit ie ne sçay où,
fust chargé outre tant d'abominations, d'vne debte qui pou-

B v

uoit elle seule le priuer de la pre-
sence beatifique, jusques à ce
que ses heritiers l'en eussent de-
liuré. Ce sentiment estoit d'vn
homme de bien, vous en auriez
esté tout à fait loüé ; & pour édi-
fier encore mieux vos Lecteurs,
vous pouuiez faire vne inuecti-
ue contre ce Valet, en luy mon-
trant qu'elle estoit son inhuma-
nité de regretter plustost son ar-
gent que son Maistre.

Vous auriez bien eu meilleure
grace de blâmer vn sentiment
criminel, & des lasches trans-
ports que vos oreilles auoient
entendu ; que l'impieté de ce
Fils que vous connoissiez pour
imaginaire & pour chimeri-
que.

Voilà l'endroit de la piece où
vous pouuiez vous estendre le

plus ; car vous m'auoüerez, quelque scrupuleux que vous soyez,
que vous ne trouuez rien à reprendre dans la reception qu'on
fait à Monsieur Dimanche : Il
n'est pas plustost entré dans la
maison, qu'on luy donne le plus
beau fautueil de la sale ; &
quand il est prest de s'en aller,
iamais homme ne fut prié de
meilleure grace à soupper dans
le logis. Ie me souuiens pourtant encore d'vn nouueau sujet
que ce Valet vous donne de vous
plaindre de luy ? N'est-il pas vray
que vous souffrez furieusement
de le voir à table teste à teste
auec son Maistre, manger si bru-
talement à la veuë de tant de
beau monde : en cela ie suis pour
vous, ie ne me mets iamais si
fort dans les interests de mes

amis, que ie ne me laiſſe pluſtoſt guider par la juſtice que par la paſſion de les ſeruir ; comme ie vois qu'on ne ſçauroit taſcher de mettre à couuert Monſieur de Moliere d'vn reproche ſi bien fondé, qu'on ne ſe declare l'Ennemy de la raiſon & le Protecteur d'vn coupable, j'abandonne ſans regret ſon party, puiſqu'il n'eſt plus bon, & confeſſe auec vous que ce Valet eſt vn mal-propre, & qu'il ne mange point comme il faut.

Mais puiſque vous me voyez ſi ſincere, à mon exemple ne voulez-vous point le deuenir, ſouſtiendrez-vous touſiours que Monſieur de Moliere eſt impie, parce que ſes Ouurages ſont galants, & qu'il a ſçeu trouuer le moyen de plaire.

On

On se seroit bien passé, dites-vous, des postures qu'il fait dans la representation de son Ecolle des Femmes ; mais puisque vous sçauez qu'il a tousiours mieux reüssi dans le Comique que dans le serieux, deuez-vous le blâmer de s'estre fait vn personnage qu'il a creu le plus propre pour luy ? Ne nous dites point qu'il tâche d'expliquer par ses grimaces ce que son Agnes n'oseroit auoir dit par sa bouche. Nous sommes dans vn siecle où les nommes se portent assez d'eux - mesmes au mal, sans auoir besoin qu'on leur explique nettement ce qui peut en auoir quelque apparence.

Monsieur de Moliere , qui connoist le foible des gens, a pre-ueu fort fauorablement qu'on tourneroit toutes ces équiuo-

C

ques du mauuais fens ; & pour
preuenir vne cenfure auffi injufte
que nuifible , il fit voir l'innocence & la pureté de fes fenti-
mens , par vn difcours le mieux
poly & le plus coulant du monde ; mais il ne s'eft iamais défié
qu'on deuft faire le mefme tort
à fon Feftin de Pierre ; & il s'eft fi
bien imaginé qu'il eftoit affez
fort de luy-mefme, pour ne point
apprehender fes Enuieux , qu'il
n'a iamais voulu luy donner des
nouuelles armes en trauaillant
pour fa deffenfe : & comme j'ay
connu par là qu'il n'auoit pas
befoin d'vn grand fecours , j'ay
creu que ma plume toute igno-
rante & toute fterile qu'elle eft,
pouuoit fuffire pour monftrer
l'injuftice de fes Ennemis.

Lors qu'on veut monftrer la

bonté d'vne cause , qui fournit
elle seule toutes les raisons qu'il
faut pour la souftenir , il me sem-
ble qu'il eft plus à propos d'en
laiffer le soin au plus jeune Ad-
uocat du Barreau , qu'au plus ce-
lebre & au plus éloquent ; & par
la mefme raison qu'on croit plû-
toft vn Payfan qu'vn homme de
Cour les ignorans perfuadent
beaucoup mieux que les plus ha-
biles Orateurs : il eft si fort ordi-
naire à ces Meffieurs les beaux
Efprits, de prendre le mefchant
party pour exercer la facilité
qu'ils ont de prouuer ce qui paroift le plus faux, qu'ils ont creu
que cette reputation feroit vn
tort confiderable à l'ouurage de
Monfieur de Moliere, s'ils écri-
uoient pour en monftrer l'innocence & l'honnefteté ; & d'ail-

leurs , comme ils ont veu qu'il n'y auoit point de gloire à remporter , quelque fort que fust le raisonnement qu'ils produiroient , ils en ont laissé le soin aux plumes moins interessées que les leurs.

J'ay donc creu que cela me regardoit ; & comme ie n'auois encore rien mis au iour, ie me suis imaginé que c'estoit commencer bien glorieusement, que de soûtenir vne cause où le bon droit estoit tout entier ; dans toute autre matiere que celle dont j'ay traité , j'aurois eu lieu d'apprehender que comme le sentiment des ignorans est tousiours different de celuy des gens d'esprit, on eust creu que Monsieur de Moliere n'auoit point eu l'approbation de ceux-cy , puisque

ie luy donnois la mienne ; mais
le Festin de Pierre a si peu de
conformité auec toutes les autres Comedies , que les raisons
qu'on peut apporter , pour
monstrer que la piece n'est
point honneste , sont aussi bien
imaginaires & chimeriques , que
l'impieté de son Athée foudroyé.
Iugez par là , Monsieur de Moliere , s'il ne m'a pas esté bien-ai-
sé de prouuer que vous n'estes
rien moins que ce que cét Inconnu a voulu que vous ssiez;
mais comme il ne démordra iamais de la mauuaise opinion
qu'il veut donner de vous , à
ceux qui ne vous connoissent
point. Il y a lieu d'apprehender
encore quelque chose de bien fâ-
cheux , il ne se sera pas plustost
apperceu que les gens bien sen-

sez ne sont point de son sentiment, lors qu'il pretend que vous
soyez impie, qu'il va vous prendre par vn endroit où ie vous
trouue bien foible, il vous fera
passer pour le plus grand Goin-
fre & le plus mal-propre de tous
les hommes. Il vous reconnut
fort bien à table sous cét habit de
Valet, & par consequent il au-
ra autant de témoins de vostre
auidité pour les ragousts, que
vous eustes d'admirateurs de ce
Chef-d'œuure. Il faut pourtant
s'en consoler, on a tousiours mauuaise grace de s'opposer au deuoir d'vn Chrestien.

Il vous laisseroit sans doute
en repos, si ce n'est qu'il a leu
qu'il falloit publier les defauts
des gens pour les en corriger. Ie
trouue cette maxime bien con-

ceuë & fort fpirituelle ; & de plus, le fuccez m'en paroift infaillible, quand on compofe vn Liure qui diffame quelqu'vn, tant de differentes perfonnes font curieufes de le voir ; qu'il eft bien mal-aifé, que parmy ce grand nombre de Lecteurs, il ne fe rencontre quelque homme de bien qui ait du pouuoir fur l'efprit du décrié, & c'eft par là que l'on le tire peu à peu de fon aueuglement. Il a creu vous deuoir la mefme charité ; mais fi par hazard il arriue que ceux qui liront ce qu'il a fait contre vous, connoiffent qu'il s'eft mépris, & qu'ils ne viennent point vous faire de leçons, ne laiffez pas de luy fçauoir bon gré de fon zele : & puifqu'il vous en coufte fi peu, feruez-luy fans murmurer

de moyen pour gagner le Paradis, ce sera là où nous ferons tous
noftre paix.

F I N.